기적을 울리며 달려가는 기차를 볼 때마다

기적을 울리며 달려가는 기차를 볼 때마다

김옥림 시집

창작시대사

시인의 말

처음 시를 만난 이후
한시도 시를 떠난 적이 없다.
시는 언제나 내 곁에 있었다.
어떨 땐 사랑하는 사람처럼
또 어떨 때는 한 그루 나무처럼
포근하게 나를 감싸주고,
용기를 주고, 꿈을 주고, 기쁨을 주었다.
시는 내 영혼의 양식이다.
시는 내 사랑이다.
시는 내 운명이다.
시를 쓸 수 있음에 깊이 감사한다.

김옥림

차례

제2부
겨울 정동진

제3부
기적을 울리며 달려가는 기차를 볼 때마다

제4부
바람을 좋아하는 사람

제5부
맑은 날 나는

제6부
아름다운 것을 보는 만큼 행복해진다

제1부
바람의 날개

차를 마시며

햇살 좋은 날
창밖 풍경이 아름다운 카페에서
좋은 사람들과 차를 마신다

좋은 사람들과
마시는 차는 차가 아니다
세상 어디에도 없는 보약이다

좋은 사람들과
차를 마시는 날은 몸도 마음도
날아갈 듯 한결 가볍다

눈이 부시게 푸르른 날
파란 잔디로 둘러싸인 창 넓은 카페에서
눈빛 선한 좋은 사람들과 차를 마신다

좋은 사람들과
마시는 차는 차가 아니다

사랑을 마시는 거다
기쁨을 마시는 거다
행복을 마시는 거다

고요한 시간에는

침묵속의 평안,
꿈결처럼 아득하고 고요한 시간에는
묵묵히 자신을 돌아보라

아무도 지울 수 없는
시간의 그림자를 따라
경건히 머리 숙여 기도하라

자신을 돌아보는 지혜로운 눈빛 속엔
내일의 꿈이 살아 있다

침묵의 평안으로 길들여지므로
자유케 되나니,

숨결처럼 고요한 시간에는
자신을 돌아보는 마음을 키우라

지혜는 고요히 자신을 들여다 볼 때
환하게 열려지나니
자신의 마음을
가만히 다독이는 눈을 가지라

꽃빛

저 수천 수 만 마리의
노랑나비들은 대체 어디에서 온 것들일까

나무가 온통 노랑나비 떼로
노랗다 못해 샛노랗다

봄볕도 그 모습이 하도 좋아서
개나리 꽃잎마다 품어 안고 흠뻑 잠겼다

개나리는 이미 개나리가 아니다

그것은 꽃으로 만든 빛,

꽃빛이다

말의 꽃

1

말에도 꽃이 있어요

감사합니다
고맙습니다
미안합니다
괜찮습니다

상대방을 따뜻하게 배려하는 말,

참 좋은 말의 꽃이지요

2

말에도 꽃이 있어요

힘들 때 용기를 주는 말
자신감이 없을 때 격려해 주는 말
슬프고 외로울 때 위로해 주는 말
기분을 좋게 하는 칭찬의 말
꿈의 씨앗을 키우는 희망을 주는 말

상대방에게 믿음을 주는 말,

참 좋은 말의 꽃이지요

3

말에도 꽃이 있어요

사랑합니다
행복합니다
응원합니다
기도합니다

상대방을 기쁘게 하는 말,

참 좋은 말의 꽃이지요

뜨거운 피가 네 몸에 흐를 때

용광로도 녹일 듯한 뜨거운 피가
네 몸을 힘차게 흐를 때
뜨겁게 사랑하고 부족함 없이 행복하여라

네 눈이 아침이슬처럼 맑고 투명할 때
읽고 싶은 책 읽고 싶은 시를
미련두지 말고 맘껏 읽고 또 읽어라

네 두 다리가 저 대지위의
푸른 대나무처럼 푸릇푸릇 씽씽할 때
가고 싶은 곳 걷고 싶은 곳 그 어딜 지라도
다리가 아플 때 까지 저벅저벅 걸어가라

네 두 팔의 푸른 힘줄이 불끈불끈 거릴 때
삶 앞에 비틀비틀 흔들리는
누군가를 위해 팔을 뻗어 잡아주고
힘 빠진 이의 굽은 등을
부드럽게 토닥토닥 두드려 주어라

몸에서 힘이 빠지고 나면 아쉬움만
남는 다는 것을 깨닫게 되는 까닭이다

그리하여 이르노니
힘이란 쓸데 쓴다는 것은 아름다운 일인바
네 힘을 헛된 곳에 쏟지 말지니,

스스로에게 부끄러움이 없게 하라

물 긷는 아이

수단에 사는 마리암은 열세 살
학교에 다니지 못하고
물 긷는 것으로 하루를 보낸다

하루에도 몇 번씩
집에서 4킬로미터나 떨어진 물웅덩이로 가서
물통에 가득 물을 길어오다 보면
온몸에서 힘이 다 빠져나간다

하루 한 끼만 먹고 물을 긷는다는 것은
열세 살 마리암에겐 죽을 만큼 힘들지만
이를 악 물고 물을 길어야 한다

물을 긷지 않으면 아픈 엄마도
어린 세 동생들도 살 수가 없다

마리암은 말한다
- 나는 물 긷는 게 너무 힘들지만 행복해요
  엄마와 동생들이 목마르지 않으니까요

마리암의 하루하루는
엄마와 동생의 목숨 줄이다

작아서 슬픈 이름들에게

LED 디지털시계가 나가 버렸다

몸체는 흠 하나 없이 깨끗한데,
버리기가 너무 아까워 무엇이 문제일까,
알아보니 케이블이 접혀서 끊어진 것이다

시계 파는 곳에 가도
갖가지 케이블 파는 곳에 가도
수리 점에 가도
시계에 맞는 케이블만 없었다

여기저기 수소문 끝에
시계용 케이블 파는 곳이 있다는 것을 알고
주문해서 케이블코드를 꽂는 순간
놀라워라, 번쩍이며 불이 들어왔다

죽었던 시계가 되살아난 기쁨에
가슴이 환하게 열리며 미소가 돋았다

작은 것의 힘은 죽은 시계도 살려내나니
오, 작아서 슬픈 이름들이여,
작음을 슬퍼하지 말지니

자 보라,
세상의 모든 것들은 작은 것들이 모여 이루었나니
작다는 것은 그 얼마나 위대한 힘을 지녔는가

작다는 것은
진정 큰 것의 또 다른 이름인 것이다

양수리에서

남한강과 북한강이 합수되는
양평군 양수리 두물머리에 가면,

다산 정약용 선생의
카랑카랑한 목소리가 들리는 듯하여
가만히 귀 기울이게 되고,

푸른 강물은 호수인 양 고요하고,

가만히만 있다 와도
몸과 마음이 맑게 씻은 듯 정갈하다

그 곳에 가면 말을 잊어도 좋다

보고 듣는 것마다 묵언默言의 말이니,
말 많은 세상에서 잠시 잊어도 좋으리

눈 맑은 새

나무 숲속엔
눈 맑은 새가 산다

눈 맑은 새가 울 때마다
팔월의 숲엔 하늘의 전설이
바람의 숨결로 흐르고,

숲속의 나무들과 꽃들과 동물들은
눈 맑은 새가 들려주는 하늘의 이야기를
귀를 쫑긋 세워 듣는다

하늘이 그 모습을 내려다보며
맑은 웃음을 터뜨린다

팔월 여름 숲은
한 편의 순수 무구한 여름동화이다

꽃보다 아름다운 마음

주는 마음은
사랑의 마음
아름다운 꽃과 같은
향기로운 마음

받는 마음은
감사의 마음
고맙습니다, 라고 말하는
공손한 마음

감사한 마음은
환한 빛의 마음
상대방을 향한
온유한 마음

겸허한 마음은
낮아지는 마음
상대방을 높여주는
존중의 마음

사랑하는 마음은
베푸는 마음

베푸는 마음은
기쁨의 마음

주는 마음 받는 마음
모두 모두
고맙고 환한 빛의 마음

삶이 허기질 때 우리를 위로하는 것들

삶이 허기 질 땐 사랑을 하라
눈이 맑은 사슴처럼 서로의 가슴을
맑게 채워 줄 그런 사랑을 하라

삶이 허기 질 땐 추억에 잠겨보라
사랑하는 이들과 툇마루에 빙 둘러 앉아
맛있는 음식을 먹으며
아름다웠던 때를 회상하라

삶이 허기 질 땐 최고의 순간을 떠올려보라
소중했던 이들의 이름을
하나씩 하나씩 노트에 적으며
목숨처럼 뜨거웠던 그때를 떠올려보라

삶이 허기 질 땐 가장 행복했던 때를 생각하라
그리고 힘들고 어렵고
고달픈 일들은 잠시 내려놓아라

삶이 허기 질 땐 아직은
이루어지지 않은 빛나는 미래를 그려보라
그리하여 머잖아 달라져 있을
자신의 모습을 상상하며 용기를 내어라

삶이 허기 질 땐 밖으로 나가
마음이 시원해 질 때 까지 걸어라
맑은 공기를 맘껏 마시고 나면
폐부까지 시원해 질 것이다

삶은 때때로 내 의지와는 상관없이
바람이 되기도 하고, 비가 되어 내리기도 하고,
또 어느 날은 눈이 되기도 한다

삶은 그런 것이다
허기가 지기도 하고, 배가 부르기도 하고,
그리하여 삶이 허기질 땐 모두를 내려놓고
가장 눈부시던 자신의 모습을 생각하라

나 죽으면

나 죽으면
제 몸을 아낌없이 내어 줘
내 글의 책이 되어준 고마운 나무를 위해
한 줌의 재가 되어
나무들의 거름이 되리

나 죽어 그 나라로 돌아가면
한 그루 싱싱한 나무가 되리

나무가 내게 그러했듯
꽃을 피워 향기와 과일을 내어주고
무더운 여름 날 그늘이 되리

나 죽으면
아름다운 노래가 되리

나 살아생전
내게 은혜를 베푼 모든 것들을 위해
목이 쉬도록 즐거움의 노래 부르리

위대한 시인

저, 울울창창한 나무를 보라
저, 굽이쳐 흐르는 장엄한 강물을 보라
저, 지절대며 하늘을 나는 새를 보라
저, 수만 가지 형형색색의 향기로운 꽃을 보라
저, 싱싱하고 탐스런 먹음직스러운 열매를 보라

저, 하늘과 땅과 바다에서
한시도 쉬지 않고 끓어오르는
푸른 생명의 고고하고 신비로운 숨결,

단테도 괴테도 세익스피어도
릴케도 예이츠도 파블로 네루다도 타고르도
일찍이 쓴 적이 없고,

지금을 살아가는
그 어떤 시인도 저렇게 멋진 시를 쓸 수 없다

자연이란 오묘하고 위대한 시,

그 거룩한 시를 쓸 수 있는 시인은
아득한 날의 그 때나 지금이나 오직 한 분,
그 분은 바로

무소불위 무소부재하신 하나님이시다

사랑의 자본주의

사랑을 하는 데도
돈이 없으면 할 수 없는 시대다

사랑하는 이와 가끔씩
밥을 먹고, 차를 마시고, 문화생활을 즐기고,
여행을 하고, 특별한 날이나
생일날엔 선물도 해야 하는데
돈이 없으면 아무것도 할 수 없다

사랑을 하고 싶어도
사랑하지 못하는 사람들,

돈이 없으면
사랑하는 사람을 곁에 두고도
다가가지 못하는 비감하고 허한 마음을
가슴을 부여잡고 삭혀야만 한다

순정한 사랑에도
자본주의가 적용되는 까닭이다

흙

요즘 부쩍 흙냄새가 좋아졌다

나이를 먹어서일까

코끝을 스치는 향긋한 풀빛 생명의 냄새

요즘 부쩍 흙냄새가 맡고 싶다

흙냄새에서는

배꽃 같은 어린 시절 어머니 냄새가 난다

바퀴의 힘

무거운 것을 들다 무게의 압력에 눌려
몸이 숙여지더니 그만 짐을 떨어트리고 말았다

이 생각 저 생각 잠시 생각에 빠졌는데
순간, 베란다 구석에
오랫동안 묵혀두었던 캐리어가 생각났다

캐리어를 꺼내 깨끗이 닦은 뒤
짐을 옮겨 실으니 캐리어는 아무렇지도 않게
꿋꿋이 무게를 견뎌낸다

캐리어 손잡이를 잡고 끄니
짐은 아무런 저항 없이 아주 가볍게 끌려온다
캐리어의 작은 바퀴의 회전이
짐의 무게를 받아들여 힘을 분산시켰기 때문이다

승용차를 움직이는 바퀴
점보 비행기를 움직이는 바퀴
기차를 움직이게 하는 바퀴
이처럼 바퀴는 그 어느 바퀴라 하더라도
제 몸의 수백 배 수천수만 배가 넘는 무게를
받아들여 가볍게 움직이게 한다

바퀴는 힘이 세다
바퀴가 있어 세상의 움직이는 모든 것들은
아주 가볍게 아무렇지도 않게
제 역할을 다하는 것이다

우리의 인생도 그렇다
인생이란 자동차 바퀴,
그 바퀴가 단단할수록 인생의 자동차는
힘차게 달려갈 수 있는 것이다

간밤에 비가 내린 까닭

간밤에 그리도 요란스럽게 비가 내리더니

하늘은 저토록

찬란히 빛나고 구름 한 점 없이 맑고 푸르다

빛나는 것들은 사람이든 하늘이든 나무든 꽃이든

그 눈부심을 위해 감당해야만 하는 것들에 대해

이름값을 치러야만 하는 것일까

간밤에 그렇게 그렇게도 못 살게 굴며 비가 내리더니

오늘은 사람도 하늘도 나무도 꽃도

먼먼 산 그림자 까지도 푸릇푸릇 빛난다

햇살이 부담스러울 때

길을 나서 걸어가자니
겨울날씨답지 않게 포근하다
겉옷이 거추장스럽고 무겁게 느껴진다
그렇다고 해서 겉옷을 벗어 들 순 없다
한기가 느껴지기 때문이다
이렇게 날씨가 애매할 땐 햇살이 부담스럽다
부담스러움을 느끼는 것은
그것이 날씨든 사람이든 그 무엇이든
거추장스러운 옷을 걸친 거와 같이 부자연스럽다
누군가의 삶을 부담스럽게 한다는 것은
자신에게도 상대에게도 불행한 일이다
지금 이 순간 자신이 누군가의 삶에 짐이 되고
부담이 된다고 여겨질 땐 그로부터 스스로를 격리하라
그렇지 않고 거기에 매인다면
그것처럼 어리석고 비참한 일은 없다
햇살이 부담스럽게 여겨질 때처럼
누군가에게도 자신에게도 부담을 지우지 말라

생애에 가장 아름다운 순간

살아가면서
가장 아름다운 순간은

서로의 사랑이
하나로 모아지는

그리하여
한 송이의 꽃이 되는
바로 그 순간,

탐욕도 미움도
시기도 없는
그 찬란한 순간이다

바람의 날개

바람은 사람 눈에는 보이지 않는
크고 멋진 날개를 갖고 있지
바람은 날개를 훨훨 퍼덕이며 가고 싶은 곳은
그 어느 곳이든 자유롭게 날아가지

저 하늘을 품고 싶을 때
파도 위를 신나게 날고 싶을 때
바람은 크고 멋진 날개를 활짝 펴 날아가지

날개가 있다는 건 참 행복한 일이지
가고 싶은 곳은 그 어디든지
거침없이 훨훨 날아갈 수 있으니까

바람이 바람인 것은
멋진 황금날개를 가졌기 때문이지

바람이 불 때 바람 깃털이 갈기처럼 빛나는 것은
황금날개에서 빛이 뿜어져 나오기 때문이지

날개를 갖는다는 것은 상상만으로도 즐거운 일이지

바람아, 너의 멋진 황금 깃털을 뽑아

내 어깨위에 달아다오
나도 황금날개를 퍼덕이며 맘껏 자유롭게 날고 싶구나

바람아, 바람아, 오 나의 바람아,

너의 멋진 날개 짓을 멈추지 말아다오
언제 까지나 그 언제까지나 힘차게 퍼덕여다오

인생의 선율

가볍고 깊이 없는
껍데기의 삶을 멀리하라

깊이 없는 삶은 그 얕음으로 인해
스스로를 범속 되게 하리니,
깊이 없는 삶이란 그 얼마나 허무한가

그러나 깊이 있는 삶은
장엄한 오케스트라의 선율 같이
때로는 단조로울 수 있겠지만,
그 깊이로 인해
음미할수록 삶의 참맛을 알게 된다

가볍고 깊이 없이 사느냐
장엄하고 깊이 있이 사느냐는
오직 자신에게 달려있음이니,

인생의 참맛을 느끼며 살고 싶다면
깊이 있는 인생의 선율로
멋진 삶을 연주하는 당신이 되라

제2부
겨울 정동진

겨울 정동진

저녁놀빛 물들 듯 겨울이 오면
그대여, 무작정 정동진으로 가라
물빛이 서럽도록 맑고 고와서
보고만 있어도 마냥 가슴이 따뜻해지는
정동진 겨울바다

싸리꽃 이파리 날리 듯 겨울이 오면
그대여, 정동진으로 가라
떨어지는 태양빛이 하도 고와서
그리운 이 해맑은 미소 같은 정동진 겨울바다

달무리 지듯 겨울이 오면
그대여, 정동진으로 가라
바람의 숨결을 느낄수록 풋풋해지는
사랑하는 이 맑은 눈빛을 닮은
정동진 겨울바다

누군가의 사랑이 그리운 날엔
그대여, 정동진으로 가라
눈 끝이 시리도록 바라만 봐도
하염없이 풍요로운 정동진 겨울바다

겨울이 오면 정동진 바다는 들뜨기 시작한다
자신을 찾아와줄 사람들을
목마르게 기다리고 있는 자신을,
정동진 겨울바다는 아는 것이다

이토록 찬란한 아름다움

긴 장마 끝에
반짝 개인 맑은 하늘을 보니
그리도 기다리던 사람을 본 듯
참 반갑고 고맙다

장마 동안 마음에 쌓인
우울의 찌꺼기들이 말끔히 가시고
맑은 공기가 폐부로 스며드는지
몸과 마음이 날아갈 듯 산뜻해 진다

이토록 화창한 날 같은
나날을 산다는 것은
그 얼마나 은혜로운 축복인가

조금은 나를 내려놓고,
주어진 일에 늘 감사하면서
이토록 찬란한 저 태양처럼
맑고 환하게 환하게 웃으며 살자

절벽 앞에서

살다보면
수천 길 까마득한 절벽 앞에
서 있는 듯한
막연함을 마주할 때가 있다

나가고 싶어도
더는 나갈 수 없는 캄캄한 절절함

그러나 갈 수 없는
절벽을 건너가는 길은 있다

그것은 절대로
자신을 포기하지 않는 것이다

참 좋다 사랑하는 사람들은

사랑하는 사람들을 보고 있으면
아무 말 하지 않아도 참 좋다

사랑하는 사람들은
생각만 해도 입가에 미소가 돈다

사랑하는 사람들은
삶의 비타민과 같아 마냥 좋다

좋다, 좋다, 참 좋다

사랑하는 사람들은
같은 하늘 아래서 사는 것만으로도
눈물 나게 참 좋고 좋다

생애의 끄트머리 흔들리는 삶을 보다

늦은 밤
거의 팔십은 됨직한 할머니가
자신보다 몇 배나 큰
수레를 끌고 힘겹게 걸어간다

힘에 겨운 할머니가 흔들리듯
발걸음을 뗄 때마다 수레도 힘에 겨운지
비명을 터트리며 좌우로 비틀거린다

키가 140센티미터 될까 말까한
할머니의 마른풀 같은 야윈 몸이
금방이라도 쓰러질 듯 위태위태하다

생애의 끄트머리에서 남은 목숨 줄을
억지로 놓지 못해 이어가려는 듯한 모습이
애처롭다 못해 처절하기까지 하다

가진 자들 중엔 주체하지 못할 만큼 가졌음에도
더 가지려고 대가리를 굴려대며
온갖 편법을 다 동원하는
개 같은 세상에서 하루하루 끼니를 걱정하는
가난한 자들의 비통한 한숨소리가 눈물겹다

자본주의가 낳은 최대의 병폐,
이 개 같은 세상을 확 갈아엎어버리고
다시금 태초의 세상으로 되돌리고 싶다

바닷가 어느 할머니 이야기

남편을 잃고 홀로 물질을 해서
오남매를 키운 여든 다섯 할머니는
바다가 참 좋단다

바다는 할머니를 도와
오남매를 먹여주고 재워주고 길러주었다

할머니는 외로울 사이 없이
그리워 할 사이 없이 앞만 보고 달려왔다

할머니의 주름진 얼굴과
구부러진 손가락 마디마디엔
할머니의 고운 청춘이 숨결처럼 배어있지만
할머니는 바다가 참 고맙단다

언제나 찾아가면 반가이 맞아주는 바다는
할머니에겐 젊은 날의 듬직한 남편이었다

품 넓은 사랑이었다

폭염 속을 걷다

폭염이 분수처럼 쏟아져 내리는 한낮
선크림 바른 얼굴을 부채로 가리고 헉헉대고 걷는다
더위로 한껏 무거워진 다리로 발걸음조차 굼뜨다

길가 가로수도 길게 목을 늘어뜨리고
내 그림자만 종종대며 따라 걷는 길을
죽죽 잡아
늘리기라도 하는 걸까 같은 길도 더 멀어 보인다

흐느적거리며 걷다 우연히 마주친
길옆 비탈진 곳에 이름 모를 어린 풀꽃은
폭염 속에서도 아무렇지도 않게 초롱초롱하다

순간, 여린 것도 저처럼 의연 한데
사람인 것이 부끄럽게 더위에 짓눌려
이토록 쩔쩔매다니
부드러운 것이 진정 강하다는 것을 새삼 느끼는 한낮,

하늘은 저리도 높고 청청하다

집은 무엇으로 사는가

이십년 가까이 보아온 골목길 첫 입새
파란 지붕 집을 아침부터 포클레인이
날카로운 이빨로 물어 뭉텅뭉텅 뜯어낸다

누군가의 온기와 꿈과 사랑과 웃음과
눈물이 담긴 집이 최첨단 기계의 날카로운 폭력 앞에
아무 저항도 못한 채 속수무책이다

무슨 구경거리라도 되는 양
지나가던 사람들이 발길을 멈추고 바라본다

포클레인이 이리저리 움직일 때마다
조각조각 뜯겨 내리는 집을 보자 우리의 삶 또한
다를 바 없다는 생각에 공연히 울적해 진다

수십 년 세월이 하루도 안 돼
먼지가 되어 산산이 흩어져 내린다

가난은 나의 벗 나의 스승

가난은 나를
오만하지 않고 겸손하게 한다

가난은 나를
조금 불편하게 하지만 물질의 탐욕에
빠지지 않게 이끌어준다

가난은 내가
갖고 싶은 것 하고 싶은 것을
할 수 없게 하지만
나를 온갖 유혹으로부터 지켜준다

가난을 부끄러운 거라고
말하는 이들도 있지만,
가난은 언제나 나를 죄악으로부터 막아준다

가난은 나를
한 뼘쯤 낮추게 하고
물질의 탐욕에 물들지 않게 하고
유혹의 손길로부터 보호해주고
언제나 죄악에 빠지지 않게 도와준다

가난은 나의 벗,
가난은 나의 스승,
가난은 나를
사람답게 사는 길로 걸어가게 한다

눈물 나무

어느 겨울밤
하늘을 바라보는데 눈물이 났다

갑자기 머나먼 그곳에 계시는
어머니가 생각나서다

한참을 추운 줄 모르고
나무처럼 서서

그렇게 그렇게
나는 눈물 나무가 되었다

편지

하나님을
너무도 사랑하셨던 어머니,
하나님 곁에 계시니
참 좋으시지요?

그래서 그 곳에선
눈물짓지 않으시리라 믿어요

어머니 기도와 사랑으로
저도 잘 지내고 있으니
제 걱정은 하지 않으셨으면 해요

오늘은 날씨가 너무 예뻐
어머니가 더욱 뵙고 싶습니다

어머니,
행복한 오늘 되세요

참 고맙습니다

시는 내 사랑이다

글은 내 영혼의 숨결이다

내게 시와 글을 주신 하나님,

참 고맙습니다

봄1

이토록 맑은 봄을 대하자니

그저,

모든 것이 헛되고 헛될 뿐이다

봄2

봄과 마주 하니
마냥 부끄러울 뿐이다

죄 짓지 말고 살아야겠다

봄3

어머니 숨결 같은
봄바람이 분다

좀 더 열심히 살아야겠다

봄4

눈에 보이는 것마다

눈부신 한편의 초록시詩 이다

봄5

머나먼 이국 땅
인정 많은 내 누이처럼,

참 고운 봄날이다

거룩한 의식
_ 버린다는 것의 의미

오랜만에 집안을 정리하면서
책을 비롯해 묵혀두었던 안 쓰는 물건을
두 수레나 넘게 갖다 버렸다

훤하게 드러난 자리를 보자
묵은 체증이 뻥 뚫린 듯 속이 후련했다

필요 없는 물건을 버린다는 것은
늘어난 체중을 줄이듯
날아갈 듯 몸과 마음을 가볍게 한다

불필요한 생각, 미움과 탐욕,
시기와 불만을 수거해서 버릴지니,
아, 생각만으로도
그 얼마나 유쾌하고 통쾌한가

물건이든 마음이든
불필요한 것을 버린다는 것은
거룩한 의식과 같나니
버릴 것은 미련두지 말고 버려야한다

설음雪音

내리는 눈을 보며
가만히 귀 기울이면
사락사락 사르락 소리가 들린다

설음雪音,
하늘나라 선율旋律인 설음이다

남녀노소 없이
내리는 눈을 반기는 것은

설음이 가슴에 닿는 순간,

무심舞心의 꽃으로 피어나기 때문이다

눈 오는 밤

새해 정월 초순
저녁부터 내리는 눈은 밤이 깊어갈수록
무심한 듯 더 많이 내린다

내린 눈이 내 뿜는 설광雪光으로 인해
가로등 불빛이 오히려 초라하다

밤에 내리는 눈은
낮에 내리는 눈과 다른
이야기를 품고 있는 것 같아 더
포근하게 느껴지는 것은,

가만히 마음의 귀 기울이면
사르박 사르박 소리 같기도 하고
웅얼웅얼 들릴 듯 말 듯 천사의 방언方言
같기도 한 설어雪語들인 까닭일 것이다

설어와 인어人語는 서로 통하는 것일까,
듣는 귀가 맑아 오며 정신이 반짝인다

방으로 들어오니 답답했던
가슴이 뻥 뚫린 듯 몸도 마음도 가볍다

이 환한 축복 같은 눈 내리는 밤
하늘의 옛 전설 같은 설음雪音을 듣기 위해
맑은 귀를 열어 놓은 채 가만가만 잠을 청한다

삶의 별이 빛날 때

생각의 담을 쌓지 마라

마음이 막히지 않게 하라

생각이 막히고 마음이 막히면

새로운 나로 거듭 날 수 없음이니라

새롭게 빛나는 모든 것들은

묵은 마음을 비워내고 새 마음을 채움으로써

거듭나게 한 삶의 별이다

삶의 별이 빛나게 하라,

삶의 별이 빛날 때 너 또한 별이 되리라

제3부

기적을 울리며 달려가는
기차를 볼 때마다

민주주의와 말

사랑스러운 말
행복을 주는 말
용기와 꿈을 주는 말이라면 넘쳐도 좋겠지만,

가슴을 찌르며 파고드는 날선 말
영혼을 파괴시키는 독이든 말
인격을 모독하고 죽음으로 몰아가는 창과 같은 말
시궁창 썩는 냄새 같은 말
길가에 나뒹구는 쓰레기 같은 말들이
날 파리 떼처럼 휘 돌아친다

개만도 못한 놈들이
밥버러지 같은 놈들이
이기와 모순으로 가득 찬 놈들이
얼굴색 하나 안 변하고 책임지지 못하는 말들을
분수를 모르는 말들을
근거 없는 말들을 너도나도 경쟁하듯
아무렇지도 않게 씹어 뱉는다

민주주의의 모순은
쓸데없는 말들이 통제되지 않는데 있다

민주주의를 뒤흔들어대는 독이든 말을
아무렇지도 않게 하는 빈대 같은 놈들의 혀를
단칼에 잘라버려 함부로 하는 말의 대가가
얼마나 무서운지를 똑똑히 보여주어야 한다

진정한 민주주의는
제대로 된 말을 제대로 하는데 있다

가을이 좋다

바람이 좋다

하늘빛이 신다랭이 연못 물빛처럼 참 곱다

물결무늬의 층층한 구름이

고흐의 별이 빛나는 밤에를 생각나게 한다

이 좋은 가을 날 눈빛 선한 이들과

분위기 좋은 카페에서 밥을 먹고 차를 마신다

사람도 나무도 꽃도 풀도

눈에 보이는 모든 것이 가을빛에 흠뻑 잠겼다

가을은 가을이라서 좋고,

좋은 사람들과 가을을 거닐어서 참 좋다

신다랭이_ 원주시 행구동에 있는 연못의 이름으로
         지금은 수변공원으로 사랑받고 있다.

기적을 울리며 달려가는
기차를 볼 때마다

기적汽笛을 울리며 달려가는
기차를 보면 무작정 기차에 올라
그곳이 어디든 떠나고 싶다

기적을 울리며 새벽을 달려가는
기차 소리를 들으면
야간열차에서 먹던 삶은 달걀과 오징어와
칠성사이다가 떠오르고 여름이면
기차통로를 가득 메운 피서객들이 생각난다

어린 시절 캄캄한 어둠속을 달리던
완행열차의 기적이
어머니의 자장가처럼 생각나는 밤이면
문득 그 시절로 돌아가
완행열차에 올라 밤새도록 달려가고 싶다

가난했지만 따스한 정이
숨결처럼 흐르던 시절 기차는 누구나
타 보고 싶어 하던 모정母情과도 같았다

그래서일까 기차를 볼 때마다
가슴 가득 물빛그리움이 차오르며

머나먼 그 나라에 계신 어머니가
색 고운 옥색 치마저고리를 입고
모시나비처럼 사뿐사뿐 오실 것만 같다

뿌리의 힘

커다란 소나무가 거대한 바위에
뿌리를 박고 하늘을 향해 우뚝 서있다
빈틈 하나 없는 저 견고한 바위를 뚫은 것은
단단한 정도 아니고 굴삭기도 아닌
한 없이 연약하고 부드러운 뿌리인 것을
소리 없이 흐르는 물과 눈에 보이지 않는 공기,
그리고 아기 손가락 같은 풀꽃처럼
세상의 강한 것은 모두 나무뿌리를 닮았다
자신을 드러내기 위해 목에 힘줄을 세우지 마라
자신을 과시하기 위해 눈에 힘을 주고
어깨를 뻣뻣이 들고 거들먹거리지 마라
정작 강한 것들은 있는 듯 없는 듯
눈에 보이지도 않고 관심도 끌지 못하는 것들이니
커다란 바위에 뿌리를 박고 우뚝 선 저 소나무를 보라
누가 소나무를 연약하다 말하겠느냐
그 누가 소나무를 하찮게 여기겠느냐
마음에 새기고 기억하라
진실로 강하기를 바란다면 부드러워져야한다는 것을
한없이 자신을 낮추고 또 낮추어
겸허하게 세상을 맞아들여야 한다는 것을

적막과의 통정

모든 통정通情은 쾌감을 동반하지

특히, 적막과의 통정은
짜릿한 고요함과 사색을 낳게 하지

내 모든 시와 글은 적막과의 통정의 산물

내 시와 글에
먼먼 어느 나라 전설과도 같은
물기서린 외로움과 그리움 속에서도
따뜻함과 간절함이 배어있는 것은

적막과의 통정은 나를 들뜨게 하고
사유思惟하게 하는 근원이기 때문이지

오, 유쾌한 나의 적막이여,
오늘 밤도 나는 적막과의 통정을 꿈꾸지

참 깊고 우뚝한

갓 태어난 비오리 새끼들이
어미를 따라
까마득한 절벽 아래로 뛰어내린다

그리고는 도로를 가로질러
강물로 뛰어들어
거친 물살을 헤치고 거슬러 올라간다

참 경이롭고 눈물겨운 감동이다

한줌도 안 되는
저 작고 연약한 비오리 새끼들이
절벽을 뛰어내리고
거친 물살을 헤치고 거슬러 오르는 건
새끼를 사랑하는 어미의 사랑 때문이다

사랑의 힘은 참 깊고 우뚝하다

생명의 빛

늙은 창부 젖가슴 같이
겨우내 쭈글쭈글 말라붙은 대지에
푸른 봄빛이 닿으면,

쪼그라들었던 대지는 물기가 돌고
르느와르 그림 속 여인의 풍만한 가슴처럼
한껏 부풀어 오른다

숨 쉬는 모든 생물들은
겨우내 참았던 거친 숨을 몰아쉬며
절정에 이른 사랑처럼 격정에 몸을 떨며
물기에 젖은 눈을 반짝인다

산다는 것은
살아 있다는 것은 그래서 살아가는 것들은
죽음보다 깊은 절망 속에서도
호흡을 멈추지 않는다

오늘 나의 봄과 그대의 봄은
잉태를 꿈꾸며 말라붙은 대지의 자궁에
생명의 빛을 불어 넣는다

그대여,
어제의 비애와 쓸쓸함은 잊어도 좋으리니
봄이 찬란한 것은 희망은 언제나
꽃으로 핀다는 것을 아는 까닭이다

사월 봄밤

벚꽃 핀 사월 봄밤
하도 좋아서
봄 향기에 이끌려 길을 나서니
가슴을 짓누르던 무거운 생각도
사월 봄바람에 맑게 씻기 운다

벚꽃 핀 하얀 밤길
마냥 좋아서
걷고 걷고 또 걸어도
자꾸만 걷고 싶어
같은 길을 몇 번이고 다시 걷는다

가만히 올려다 본
하늘의 별도 달도
유난히 밝고 곱다

저 만치 걸어가다
아쉬움에 뒤돌아보니
봄밤도 벚꽃에 취했는지
흐느끼듯 파르르 몸을 떤다

고도孤島

사방이 꽉 막혔다
캄캄하다
눈앞이 어질 거리다
나도 모르게 비명이 터져 나온다
방향을 잃고 표류하는 난파선 같다
에스오에스(SOS)를 쳐도 소통 불능이다
바람이 분다
하얀 꽃가루를 날리며 폭설이 쏟아진다
오도 가도 못 한다
폭설이 그친 후 눈이 시도록
하늘은 푸르지만
너도 섬이고 나도 섬이다
모두가 등 돌리고 선 섬이다
우리는 한 때
누구나 절해絶海의 고도일 때가 있다

눈 내리는 날의 기도

밤새 하얗게 하얗게
침묵으로 오시는 이여,
내 묵은 가슴을 내 시든 열정을
맑게 씻어 주시옵소서

서릿발처럼 차가운 세상에서
내가 가야 할 길을 가게 하시고
그 어떤 미혹에도
빠져들지 않게 하소서

나의 어리석음으로
누군가가 울지 않게 하시고
나의 미련함으로
현명한 선택을 놓치지 않게 하소서

나를 가로막는
그 무엇에도 굴복하지 않게 하시고
작은 것에도 감사하고
작은 것도 나눌 줄 아는
사랑에 인색하지 않는
따스한 마음이게 하소서

환한 숨결

섣달그믐 밤
한 쪽으로 기운 하늘 동편 끝으로
점점이 떠서 새들이 날아간다

그 뒤를 헐떡이며
한 줄기 빛이 따라간다

떠나가는 것들은
새든 한 줄기 빛이든 바람이든
모두 슬픈 눈을 가졌다

하지만 다시 돌아온다는
그 기약만으로도
우리는 꿈을 버리지 않는다

우리와 함께 하는 모든 것들은
떠나고 다시 돌아오고
돌아왔다간 다시 떠나기를 반복하며
저 마다의 호흡으로 이 길을 간다

떠나는 것들은
모두 외로운 눈을 가졌다

그러나 우리가 막다른 길에서도
멈출 수 없는 건
저마다의 숨결이 환하고
푸르게 살아있기 때문이다

따뜻한 밥은 위대하다

따뜻한 밥은 종교보다 깊고 엄숙하다
밥은 인간의 원초적 본능보다 우선한다
한 그릇의 밥을 깔보지 마라
한 그릇의 밥 속엔 과거와 현재와 미래와
온 우주의 숨결이 스며있고
창조주의 긍휼과 은총이 알알이 맺혀 있다
한 그릇의 밥을 무시하지 마라
밥은 권력을 능가 하며 많은 권력자들이
밥 앞에 무참히 쓰러졌다
밥은 삶의 율법이다
한 그릇의 밥 앞에 만인은 평등해야 한다
이 궤휼이 깨어졌을 때 세계의 역사는
여지없이 무너져 내렸다
부끄러움 없이 밥을 먹을 수 있다는 것은
정녕, 행복한 일이다
때때로 삶이 낯설게 느껴진다는 건
삶이 떳떳치 못할 때다
한 그릇의 밥 앞에 부끄러움이 없어야 한다
밥 앞에 떳떳한 목숨일 때가
가장 성공한 인생이다
따뜻한 밥을 먹어야한다
감사한 마음으로 미소를 지으며

먹을 수 있는 은총에 감사해야 한다
따뜻한 밥은 종교며 본능이며 미래이다
따뜻한 밥은 위대하다
따뜻한 밥 앞에
한껏 머리 숙여 경배하고 경배하라

새와 진실

울지 않는 새는 새가 아니 듯
말하지 않는 진실은 진실이 아니다
새는 울어야 새인 것이다
새는 큰 소리로 포르릉 포르릉 울어야
새인 새로 살아가는 것이다
침묵이 때론 진실이 될 때도 있다지만
그것은 진실을 감추기 위한 또 다른
위선과 허위로 작용할 뿐
진실은 말함으로써 비로소 진실이 되는 것이다
울지 않는 새는 새가 아니다
말하지 않는 진실은
허위로 무장한 침묵일 뿐이다

동행

꽃도
한 송이 보다는 두 송이가 좋고

나무도
한 그루 보다는 두 그루가
더 예쁘고 보기 좋다

사람도 그렇다

함께 한다는 것은
사람이든 꽃이든 나무든
그것이 무엇이든
더한 힘이 되고 의지가 된다

동행은 참 좋은 사랑의 표상이다

붉은 놀

해질 무렵 하늘을
아무렇게나 죽죽 그어 놓은 듯한
저 강렬한 붉은 터치

세잔의 붓끝을 닮아서인가

보는 순간,
가슴을 파고드는 짜릿한 전율

붉게 물든 정동진 바다도
격정에 겨운 듯 숨을 헐떡인다

바다와 나와의
절정絶頂이 이루어지려는 찰라

하늘은 어찌할 바를 모르는 양
숨죽인 채 파르르 몸을 떤다

꼬마철학자

내 어렸을 적
동네 대학생 형들과 어른들은
나를 꼬마철학자라고 불렀다

자신들과 대화할 정도로
생각하는 것이 깊고 어른스럽다는 것이
꼬마철학자로 불렸던 이유이다

어린 나는 친구들과도 잘 어울렸지만,
소설, 동화, 위인전, 어깨동무 같은 잡지 등
닥치는 대로 책을 읽으며
가끔은 혼자 상상의 나래를 펼치며
생각하는 것을 참 좋아했다

어떨 땐 몇 시간 씩 또는 하루 종일
생각의 바다에서 헤엄치는 물고기가 되어
노닐다보면 마음이 뿌듯해지곤 했다

시인이 되고 작가가 되어
시 소설 에세이 인문 철학 종교 자기계발
동화 동시 등 다양한 장르의 글을 쓰는 것은
어릴 적부터 키워온 사색의 힘이

내 사유의 밑바탕이 되어주었기 때문이다

꼬마철학자란 말을 듣던 그 시절이
못 견디게 그리워지는 날이 있다
그런 날은 발길 닿는 대로 무작정 걷는다
걷다보면 눈에 띄는 것 중 어떤 것은
시가 되고, 글이 되어 나를 즐겁게 한다

자신과 좋은 친구가 되라

너는 너 자신과
좋은 친구라고 생각하는가

만일 그렇다면
너는 참 행복한 사람일 것이다

그러나 그렇지 않다면
너는 끊임없이 너 자신과 다투고
네 인생에 깊은 상처를 입게 될 것이다

너는 너 자신과 좋은 친구가 되어라

너 자신과 좋은 친구가 되지 않으면
그 누구와도 좋은 친구가 될 수 없다

네가 진정으로
너 자신과 좋은 친구가 될 때
네 주변엔 너와 함께 하려는 사람들로
가득 채워질 것이다

기억의 꽃

부모가 되어보면 알지
자식들의 말과 행동, 웃음과 눈물 하나하나가
부모의 가슴이 되고 숨결이 된다는 것을

부모가 되어보면 알게 되지
자식들이 먹고 마시는 것들이
부모를 배부르게 하고 행복하게 한다는 것을

부모가 되어보면 사무치게 알게 되지
부모의 자리가 그 어떤 자리보다도
높고 우뚝하다는 걸
그러나 그 길은 때론 눈물의 길이며,
가시밭길이며, 한숨과 고통과
나의 모든 것을 내려놓아야 한다는 것을

부모가 되어보면 알지
자식들의 모든 시절 하나하나가
뼛속 깊이 기억의 꽃으로 피어난다는 것을

그리하여 부모가 되어보면 알게 되지
기억의 꽃은 늘 서늘하도록 애잔하고
처연하도록 아름답고 사랑스럽다는 것을

아무렇지도 않게 생각하기

아무렇지도 않게 생각하면
아무리
태산 같은 일도 아무렇지 않게 생각하게 되고,

아무렇지도 않게 생각하면
아무리
마음 아픈 일도 아무렇지 않게 이겨내게 된다

아무렇지도 않게 생각하면
아무리
절망적인 일도 아무렇지 않게 극복하게 되고,

아무렇지도 않게 생각하면
아무리
속상한 일도 아무렇지 않게 여기게 된다

그리하여 아무렇지도 않게
모든 것을 있는 그대로 받아들이면,
그 어떤 것도 아무렇지 않게 받아들이게 되고,

아무렇지도 않게 받아들이면,
아무 일도 없었던 것처럼 지나가게 된다

아무렇지도 않게, 아무렇지도 않게…….

살생유택殺生有擇

열려진 현관문으로 들어 온 벌레 한 마리
소리 없이 기어가다 내 레이더망에 딱 걸렸다
새까만 것이 보기에도 흉측해 얼른 종이로 감싸
눌러 죽이려다 밖으로 나가 살려주었다
내 손에서 벗어난 벌레는 살았다는 듯
날개를 퍼덕이더니 뒤도 안돌아보고 날아간다
순간, 머리 위가 번쩍하더니 가슴이 환하져 온다
생사의 갈림길에서 벗어난 벌레에게
오늘은 운이 좋은 날이었고,
살생을 금한 내게도 참 좋은 오늘이었다

삼청동 골목길

삼청동 골목길은 사랑하는 연인과 같이 걸어도 좋고, 머리가 희끗희끗한 나이든 부부가 걸어도 좋고, 젊은 부부가 걸어도 좋고, 친구들 끼리 걸어도 좋고, 가족이 걸어도 좋고, 단체로 걸어도 좋고, 홀로 걸어도 좋다. 삼청동 골목길을 걷다보면 한 편의 시가 생각나고, 노래가 저절로 흥얼흥얼 거리게 되고, 푸른 풀빛 같은 동심이 새록새록 피어나기도 하고, 동요가 생각나기도 한다. 삼청동 골목길은 마음을 따뜻하게 하고, 순수하게 하고, 옛사랑이 생각나는 길이기도 하다. 마음이 울적한 날이나, 마음이 달꽃 같은 환한 날이나, 부슬부슬 가랑비가 내리는 날이나, 나폴나폴 눈이 내리는 날이나, 낙엽이 사르르 소리를 내며 날리는 날이나, 첫 사랑이 생각나는 날이나, 지나간 것들이 못 견디게 그리운 날이나, 사랑하고 싶은 날은 삼청동 골목길을 걸어가 보라. 마음이 따뜻해지며 환하게 밝아오는 느낌만으로도 진한 행복을 느끼게 될 것이다.

무욕서정 無慾抒情

욕심 없는 마음이
진정한 부자라는 것을
알기까지는

아스라한 세월이여,

너의 옷깃을
부여잡고
이제야 알았구나

마음이 가난해야
하는데도
용기가 필요하다는 것을

마음을 비우니
조금은
생이 가벼웁구나

무욕서정
아, 찬란하고 유쾌한
가벼움의 극치여

제4부
바람을 좋아하는 사람

구름점령군

맑았던 하늘이 어둑어둑해지더니
순식간에 캄캄해진다
무슨 일인가하여 밖으로 나가 하늘을 보니
어디서 몰려 왔는지 먹빛보다 검은
구름이 점령군처럼 온통 하늘을 뒤덮어버렸다
저 무지막지한 구름점령군은
대체 어디서 온 것일까
구름이 하늘을 막아버리자 다섯 시도 안 됐는데
마치 한밤중처럼 천지사방이 캄캄하다
무엇을 가로막는다는 것은
그것이 자유든, 평화든, 사랑이든, 꿈이든, 사람이든,
도저히 용서받지 못할 폭압일 뿐이다

소쩍새 울음이 뜨겁다

깊은 밤
아파트 뒷동산에서 들리는
소쩍새 울음이 뜨겁다

무슨 설움 그리 깊어 저리도 울음이 뜨거울까

깊은 밤이
소쩍새 울음에 젖어 파르르 몸을 뒤척인다

달아나 버린 잠을 쫓아
나의 밤도 깊어만 간다

택배할아버지

종각역에서 헐레벌떡
할아버지가 지하철에 오른다

양쪽 어깨와 손엔
짐으로 가득하다

흘러내리는 땀방울도 닦지 못한 채
중심을 잃지 않으려고
두 다리에 힘을 꽉 주던 순간,

넘어질 듯 휘청거리다
용케도 버티어 선다

내 눈도 사람들의 눈도
덩달아 올라갔다 내려간다

할아버지의 굽은 어깨와 손엔
할아버지의 남루한 현실이
슬픈 그림자처럼
대롱대롱 매달려 거친 숨을 헐떡인다

바람을 좋아하는 사람

바람을 좋아하는 사람 가슴엔
깊은 외로움이 빗물처럼 고여 있다

바람을 좋아하는 사람 눈엔
새벽이슬 같은 맑은 슬픔이 서려있다

바람을 좋아하는 사람 목소리엔
바람에 이는 마른낙엽 같은 떨림이 있다

바람을 좋아하는 사람의 뒷모습은
어둠이 내린 저녁
강바람에 흔들리는 마른갈대처럼 쓸쓸하다

바람을 좋아하는 사람은
바람 부는 날이면 떠도는 바람이 되어
하루 종일 길가를 서성인다

죄

이 세상 모든 죄는
꿀보다 더 달콤한 입술을 가졌다

아담과 이브를 유혹했던 간교한 뱀의 혀처럼
달콤하고 부드러운 입술로
하는 말마다 이성理性을 마비시킨다

죄는 부드러운 손바닥을 가졌다
뼛속 깊이 녹아드는 야들야들한 손놀림으로
인간의 몸과 혼을 빼앗아버린다

죄는 황홀한 불빛바다다
황홀함에 빠진 인간들은 마치,
여름날 가로등 불빛에 몰려드는 나방 떼처럼
황홀한 죄의 불빛으로 달려든다

죄가 가슴을 풀어헤쳐
호객행위를 하는 밤거리 여자처럼
호시탐탐 유혹할지라도
저 가증스런 죄의 달콤한 입술과
저 음흉한 죄의 가슴에서 벗어나야 한다

죄의 유혹을 이기는 자여,
그대가 진정 가장 강한 자이니라

겉절이가 먹고 싶은 날

남자도 때론
겉절이가 먹고 싶은 날이 있다

햇살이 비단결처럼 화사한 날이나
아카시아 짙은 향기 봄바람에 휘날리는 날엔
마음이 통하는 사람과 마주 앉아
보리밥에 봄동 겉절이와 고추장을 넣고
두 손으로 썩썩 비벼 볼이 미어터지도록 먹고 싶다

옛 친구가 불현듯 생각나는 날이나
봄비가 사륵사륵 내리는 날엔
동구 밖이 훤히 내다보이는 툇마루에 앉아
눈빛이 선한 사람들과
겉절이 안주삼아 막걸리를 마시며
가는 시간을 붙들어 놓고 한껏 게으름을 피우고 싶다

겉절이가 먹고 싶은 날은 어머니가 생각이 난다

가난했던 어린 시절 별다른 재료 없이도
아무렇게나 쓱쓱 묻혀 주시던
어머니의 손맛이 담긴 배추 겉절이를 먹으며
웃음이 예쁜 사람과 도란도란

옛이야기 같은 정다운 이야기를 나누고 싶다

바람과 갈대

바람 불고 햇살 눈부시게 쏟아지는 날
저 들녘 넘어 강변으로 가보라

무리지어 몸을 흔들어 대는
갈대의 거친 숨결이
푸른빛 갈기로 휘날리고 있으리니,

마치, 광복의 그 날
전국을 뒤흔들어대던 민중의 피 끓는
만세 소리 같은 외침이
바람 부는 강변을 뜨겁게 타오를 것이다

그 모습을 보고 있노라면 뜨거운 것이
너의 온 몸과 마음을 들뜨게 하리라

살아있다는 것,
살아서 숨 쉬며 사랑하는 이들과
저 하늘을 맘껏 볼 수 있다는 것은
정녕, 그 얼마나 아름다운 축복인가

외롭고 쓸쓸하고 눈물겨운 날은
주저 없이 저 바람 부는 강변으로 달려가

바람세례를 맞으며 뜨겁게 타오르는
갈대의 거친 외침을 들어보라

무릇 호흡을 하며
뜨거운 생명의 피가 흐른다는 것에
깊고 높게 감사하게 될 것이다

의심 없이 믿기로 했다

삼청동 골목길을 걷다
재밌는 간판을 보았다
단팥죽을 파는 음식점이었는데 상호가
서울에서 둘째로 잘 하는 집이였다

어딜 가나
원조가 판치는 세상에서
모두가 자신만의 가게가 최고라고
입술에 침도 안 바르고 거짓말을 해대는
가증스럽고 뻔뻔한 세상에서
둘째로 잘하는 집이라니,

이 얼마나 재치 있는 겸손인가

나는 주인의 센스를 의심 없이 믿기로 했다

순간,
머리 위가 환하게 번쩍이더니
가슴이 한껏 충만해져 온다

당신에게 그런 사람 있습니까?

한시도 떨어지면 못살 것 같은 사람,
늘 함께 하는 것만으로도 행복한 사람,
길을 걷다 멋진
길을 만나면 함께 걷고 싶은 사람,
맛있는 것을 보면 함께 먹고 싶은 사람,
좋은 뮤지컬 포스터를 보게 되면
함께 보고 싶은 사람,
아침에 잠에서 깨어났을 때
가장 먼저 생각나는 사람,
푸른 파도가 넘실대는
맑은 동해바다를 함께 바라보고 싶은 사람,
도란도란 이야기를 나누며
밤기차 여행을 함께하고 싶은 사람,
강 언덕 유럽풍의
카페에서 함께 커피를 마시고 싶은 사람,
눈이 부시게 아름다운
백사장을 맨발로 함께 걷고 싶은 사람,
푸른 잔디밭을 뛰어가다
함께 넘어져 데굴데굴 구르고 싶은 사람,
비 내리는 날 함께
우산을 쓰고 미라보다리를 건너고 싶은 사람,
마지막 심야영화를 함께 보고 싶은 사람,

가장 기쁜 일도 가장 슬픈 일도

제일 먼저 얘기해주고 싶은 사람,

내가 살아가는 데 있어 인생의 의미가 되는 사람,

안개가 모락모락 피어나는 바닷가 찻집에서

이른 아침 함께 음악을 듣고 싶은 사람,

언제 어느 때든 전화하면

이유를 달지 않고 무조건 달려오는 사람,

언제나 만나면

네가 너무 보고 싶었다고 말해주는 사람,

하늘나라 전설 같은 함박눈이

주절주절 내리는 날 눈을 맞으며

팔짱을 끼고 함께 걷고 싶은 사람,

안보면 보고 싶고

이내 헤어졌다가도 다시 만나면

늘 처음인 듯 풋풋한 미소가 예쁜 사람,

사랑해도 자꾸만 사랑하고 싶은 사람,

미워 할레야 미워할 수 없는 사람,

함께 있어도 그립고 곁에 있어도 보고 싶은 사람,

언제나 가슴에 화석처럼 새겨져 지울 수 없는 사람,

당신에게 그런 사람 있습니까?

그렇다면 당신은 정말 행복한 사람입니다

그 땐 왜 몰랐을까

하늘이 마냥 푸르지 않다는 걸
그 땐 왜 몰랐을까

강과 바다가 마냥 맑지 않다는 걸
그 땐 왜 그리도 몰랐을까

언제나 모든 것이 예전과 같지 않다는 걸
그 땐 왜 그걸 몰랐을까

우리가 살고 있는
세상이 언제나 변할 수 있다는 걸
그 땐 아 그 땐 왜 몰랐을까

모든 것이 달라진 지금
하루하루를 긴장 속에 살고 있는 지금
그 모두가 우리의 잘못이라는 걸
우리는 엎드려 눈물로 속죄해야 하리니,

아무렇지도 않게 여겼던 지난날은
정녕 우리에게는 넘치는 축복이었음을
우리는 분명히 알아야 한다

가을과 피아노

가을은 피아노 선율로 온다

하늘로부터 선율이
맑은 가을빛으로 내려와,

산을 넘고 들을 지나
눈빛이 맑은 사람들이 사는 마을로 와서는
가슴을 촉촉이 적셔 흐르는
가을의 노래가 된다

맑은 가을 햇살은
하나님이 우리에게 보내주신
곱디고운 천상의 선율이다

버텨야한다

어떨 땐 삶은 사는 것이 아니라
죽을 듯이 버티는 거라는 생각이 든다

온 사방에서 칠흑 같은 캄캄함이 밀려들어
모든 것이 나를 외면하는 것 같다는
절망적인 생각이 들 때
좋은 것을 보고도 좋아하지 못하고,
즐거운 것을 보고도 즐거워하지 못하고,
기쁜 일도 전혀 위안이 되지 못할 땐
더더욱 버텨야한다는 생각으로 절절해진다

버티지 못한다면 더는 저 하늘도 볼 수 없고,
지저귀는 해맑은 새소리도 들을 수 없고,
사랑하는 이들과
더는 눈 마주칠 일도 없다는 것을 알기에,

오늘이란 시간에 외면당하지 않게
버티고 버티고 또 죽을 듯이 버텨야한다

차단선遮斷線

2밀리미터 안과 밖

삶과 죽음 사이의 차단선

마·스·크

산비둘기와 가을

꾸륵 꾸륵 꾸르륵
산비둘기 울음이 가을을 적십니다

산비둘기 울음에 취해
가을이 귀를 쫑긋 기울입니다

산비둘기는 가을이 좋아
꾸륵 꾸르륵

가을은 산비둘기가 좋아
가을 가을

산비둘기 뜨거운 울음소리에
저문 산처럼 가을이 깊어갑니다

서정의 불빛

달빛 같은 고요가
은은히 차오르는 깊은 밤엔,

잔잔한 음악과 함께
한 편의 멋진 서정시를 읽으세요

한 잔의 차가 있으면 더욱 좋겠지요

음악과 서정시와 한 잔의 차로
당신의 순간을
서정의 불빛으로 가득 채우세요

바람과 나무

바람이 연주를 시작하자
고요하던 나무숲이 들뜨기 시작한다

마치 기다렸다는 듯 서서히 워밍업을 하더니
바람연주가 빨라지자
나무들의 춤사위가 격렬해진다

록 가수가 헤드배잉을 하듯
나무들이 일제히 머리를 흔들어댄다

나무들은 바람 연주에 한껏 취했으나
일사분란하게 춤을 춘다

저 조화로운 나무들의 춤사위를 보라
순응하는 것들은 저렇듯 고고하고 아름답다

바람과 나무들은 오래도록 하나가 되었다

꽃들에게 미안해

스승의 날
제자가 선물로 준 카네이션을
차에 두고 점심을 먹고 오니
꽃들이 고개를 숙이고 있다

더운 날씨에 무척 힘들었나보다

꽃들에게 너무 미안해
- 미안해 미안해
라고 말하며 커피를 마시러 갈 땐
꽃을 가지고 가니 조금은 마음이 놓였다

집에 돌아와서는 옷도 벗기 전에
물부터 먼저 주었더니
맛있게 받아먹고는 생기가 도는 것 같았다

그제야 미안했던 내 마음도
한결 가벼워졌다

걷는다는 것은

나는 걷는다
나는 걸으면서 생각한다

나는 생각한다
나는 생각하면서 걷는다

내게 걷는다는 것은 생각한다는 것,
생각하기 위해 걷고 걷다보면 생각하게 된다

나는 걷는다
나는 걸으면서 생각하고 생각하면서 걷는다

걸으면서 시를 건지고,
에세이를 건지고, 글감을 건져 올린다

내게 걷는다는 것은 창조의 시간
나의 글들은 걸으면서 태어난 창조의 산물

오늘도 나는 걷는다
내게 걷는다는 것은 생산의 시간

나는 걸으면서 생각하고 생각하면서 걷는다

산책길에서

겨울 지나고
오랜만에 산책길에 나서니
그동안 못 보던 요양원 간판이
두 개나 눈에 띄었다

하나는 학원 하던 빌딩이고
또 하나는 산부인과 병원 빌딩이다

신생아 출생 수는 해마다 줄어드는 반면
상대적으로 고령자들은 늘어만 간다

새 생명의 탄생은 줄고
고령자는 늘어만 가는 현실은
검고 붉은 미래를 예고하는 걸까

거리에도 아파트에서도
아이들 모습 보기가 점점 어려워진다

산부인과는 사양길에 접어든지 이미 오래
늘어만 가는 것은 요양병원, 요양원뿐이다

산책하는 발걸음이 갑자기 무거워짐을 느낀다

나 또한 하루하루

고령을 향하고 있는 잠재적 고령자인 까닭이다

팔월

아파트 화단 옆 나무그늘아래
할머니들이 모여 이야기를 나누며
진드기 같은 더위를 쫓고 있다

부채질을 하는 할머니,
물을 마시는 할머니,
옥수수를 먹는 할머니들이
저마다의 방식으로 더위와 맞서고 있다

햇살이 그늘을 기웃거릴 때마다
나무는 제 그림자를 길게 늘어뜨려
할머니들을 뜨거운 햇살로부터 막아준다

할머니들의 이야기에 때때로
나무들이 몸을 흔들어대며 웃음 지으면

더위도 그늘 앞에 쪼그리고 앉아
귀를 쫑긋 세운 채
할머니들의 이야기를 듣고 킬킬대며 웃어댄다

그렇게 그렇게 팔월 오후가 저물어간다

앎이라는 꽃

나무가 가끔
몸을 흔드는 때가 있는데
자기 안의 소리를 들을 때이다

나무줄기가 무성하고
나무 잎이 짙은 녹색을 띄는 건
자신의 내면이 충만히 차올라서이다

우리 또한 저마다
자기 내면의 소리를 들을 수 있어야 한다

자신의 내면을
들을 수 있는 귀가 열리고
그것을 안으로 새겨
실행에 옮길 수 있다면
가슴은 충만함으로 넘쳐나게 된다

진리는 몸 밖에 있기도 하지만,
진정한 진리는
스스로 들을 수 있을 때만이
자신의 몸에 '앎'이란 꽃을 피우게 된다

삶의 브레이크

절제는

인
생
의

미덕이며 삶의 브레이크이다

제5부
맑은 날 나는

좋은 사람들

좋은 사람들과 먹는 밥은
그 어떤 것일지라도 진수성찬이다

사랑이란 조미료와
즐거움이란 양념이 함께 버무려져
행복이란 맛을 내기 때문이다

좋은 사람들이 내 곁에 있다는 것은
그것만으로도 대단한 축복이다

기쁨의 에너지를 주는
좋은 사람들이
내게 있음을 감사하고 감사하라

바람이 아름다운 날

바람이 아름다운 날엔 바람을 앞에 앉게 하고 바람하고 커피를 나누어 마십니다. 아름다운 바람과 나누어 마시는 커피는 아름다운 바람처럼 마음을 촉촉하게 적셔주니까요. 아름다운 바람도 나와 커피 마시는 것을 매우 좋아합니다. 바람이 아름다운 날은 시가 되기도 하고, 노래가 되기도 하고, 그림이 되기도 하고, 민들레가 되기도 하고, 무지개가 되기도 하고, 뻐꾸기 울음소리가 되기도 하고, 갈대가 되기도 하고, 오색구름이 되기도 하고, 하얀 목련나무가 되기도 하고, 노을이 되기도 하고, 풍경소리가 되기도 하고, 쇼팽의 피아노 선율이 되기도 하고, 한강의 유람선이 되기도 하고, 덕수궁이 되기도 하고, 남산 한옥마을 한옥이 되기도 하고, 열두 줄의 가야금이 되기도 하고, 구름 한 점 없는 푸른 하늘이 되기도 합니다. 그러나 바람이 아름다운 날은 스물한 살 그 시절로 돌아가 다시 한 번 멋진 사랑을 하고 싶습니다.

독서

독서는 가장 지적인 대화이다

숨을 쉰다는 것은

호흡곤란으로 큰 고통을 겪고 나서
숨을 쉰다는 것은
참 은혜롭고 생명 그 이상의 의미가
있다는 것을 알게 되었다

숨을 쉰다는 것은
내일을 살아가게 하는 원동력이다

숨을 쉰다는 것은
환한 숨결의 역동성이다

숨을 쉰다는 것은
나와 너 우리가 하나가 되어 기쁨으로
살아가게 하는 사랑의 원천이다

숨을 쉰다는 것은 정녕 하늘의 은총일지니,
숨을 쉴 수 있음에 감사하라

그 집 앞

나 어릴 적
그 집 앞을 지나치려면
발길은 보이지 않는 그 무엇에 이끌려
한참을 서성거렸다

소녀는 무엇을 하는지 보이질 않고
반쯤 열려진 창으로
바람만 제 집인 양 들락거렸다

한 때 나도 바람이 되고 싶었다
소녀를 가까이 할 수 있다면
바람이 되어도 좋았던 적 있었다

소녀는 포스터의 오수제너를 좋아했다
소녀가 부르는 오수제너는
내 발길을 그 집 앞으로 다다르게 했다

소녀는 한 송이 목화 꽃처럼 맑았다
너무 맑고 희어 아기 달님이
하늘에서 내려왔나 싶었다

소녀가 가끔 나를 보고 웃어 줄 땐

어린 내 마음속에선
몇 날 며칠을 맑은 시냇물소리가 들렸다

술집에 나가는 젊은 엄마를 따라
서울서 온 소녀는
사슴처럼 눈이 맑아 늘 외로워 보였다

나는 소녀의 어린 느티나무가 되고 싶어
늘 오가며 그 집 앞에
달빛 그림자처럼 기웃거렸다

그 어린 시절 나의 서정이 무르익고
작은 사랑의 세계가 주렁주렁 열렸던
오고 가며 가슴 설레었던
눈꽃처럼 빛나던 그 집 앞

하늘이 참 맑다

유월 하늘이 참 맑다

그 하늘을 바라보고 있으면
내 마음속에도 푸른 하늘이 펼쳐진다

하늘을 끌어안고 나는 새처럼
나도 하늘을 품어 안고
나의 하늘을 날고 싶다

유월 하늘이
첫사랑 맑은 눈망울처럼
맑고 푸르다

그 하늘을 바라보고 있으면
오랫동안 품었던 꿈이
이루어 질것만 같다

유월 하늘이
모시나비 날개처럼 참 곱다

맑은 날 나는

맑은 날 나는,
한 그루 사과나무가 되고 싶다

사과나무가 되어
삶에 지친 이들에게
알이 실한 사과와 그윽한 향기를
골고루 나누어주고 싶다

맑은 날 나는,
한 그루 사랑나무가 되고 싶다

사랑의 나무가 되어
노래가 되고, 시가 되고, 별이 되어
나보다 더 외로운 이들에게
사랑의 꿈이 되어주고 싶다

참 좋은 날

사랑하기 참 좋은 날이다
이토록 맑은 날
누군가를 사랑한다는 것은 축복이다
눈부신 시간 속에서
한 점 부끄럼 없는 마음으로
사랑하고 사랑을 말하고 싶다
사랑하고 싶은 가슴이
내게 남아 있다는 것에 감사한다

사랑하기 참 좋은 가을날이다

비오는 날의 서정

주륵 주륵 주르륵
창문을 두드리며 비 오는 날엔
따뜻한 방안에 누워 빗소리를 들어보라

머리맡엔 갓 쪄낸
고구마나 감자를 담은
하이얀 접시가 가지런히 놓이고

사랑하는 사람과 나란히 누워
귀를 열어놓고 빗소리를 들어보라

촉촉이 젖어드는
사랑하는 이의 달콤한 목소리처럼
가슴에 스며드는
정겨운 빗소리를 들어보라

두두두 두두두두두
작은 북소리를 내며 줄기차게 내리는
빗소리에 온몸이 흠뻑 젖도록 들어보라

사랑하는 이의 따뜻한 손길처럼
온몸을 아늑하게 끌어당기는

혼미昏迷하도록 아련해 지는 포근함

세상이 모두 잠든 밤
고요를 적시며 내리는 빗소리,
그 아득함에 귀를 적시면
몸과 마음은 빗소리와 일체를 이룬다

하나의 숨결이 되어 눕는다

야생화

오이풀, 억새, 용담꽃, 쑥부쟁이, 초롱꽃,
질경이, 구절초, 각시풀, 복수초, 패랭이 꽃 같은
야생화野生花를 보면 그 옛날 수더분한
조선 아낙네의 곧은 절개節槪가 있다

있는 듯 없는 듯 고요하다가도
산바람이 불면 일제히 고개를 치켜들고
세찬 비바람에도 결코 쓰러지는 법이 없다
부드럽고 은은한 게 시골 촌색시 같다
하지만 산과 들을 지키며
제 한 몸 바쳐 평생을 살아간다

누가 심지도 거두지도 아니하여도
제 스스로 피고 지는
그 끈질긴 생명력과 응집력은
우리 민족혼을 닮았다

자연에 순응하면서도 결코 굽힘이 없는
그 청초하고 단아함 속엔
붉디붉은 조선의 혈맥이 꿈틀거린다

비가 오면 비가 오는 대로

바람이 불면 바람이 부는 대로
눈이 내리면 눈이 내리는 대로
제 자리를 지키고 서서 서두르지 아니하고
때 맞춰 피고 때 맞춰 지는,

오, 순하디 순한
내 누이 같은 꽃이여

콩나물 무침을 보면 비벼먹고 싶다

빨간 토종 고춧가루로
버무려 묻힌 콩나물을 보면
세숫대야 같은 양푼에 담아
고추장과 참기름을 넣어 썩썩 비벼먹고 싶다
비빔밥을 맛있게 먹다보면
입주위로 빨간 고추장이 덕지덕지 묻는데
비빔밥은 그런 재미로 먹어야 제 맛이다
비빔밥은 격식을 따지지 않아서 좋다
점잖빼고 먹지 않아도 다소곳이 먹지 않아도 좋다
숟가락으로 듬뿍 떠서 입이 삐지게
우걱우걱 먹어야 비빔밥답다
날이 화창하게 맑은 날 툇마루에 둘러앉아
온 식구가 이야기를 나누며 먹어보라
비빔밥은 그렇게 먹어야한다
체면치례 없이 편안한 자세로 입 안 가득 퍼 넣고
총각김치 아삭아삭 씹어 먹어야 입안이 개운하다
휴일 날 오후 가끔은 퍼질러 앉아
가장 편한 자세로 비빔밥을 먹어 보라
체면도 벗어 놓고 겉치레도 벗어 놓고
무거운 생각도
다 벗어버리고 입이 미어터지게 그렇게……

가을이 참 붉다

원주에서 서울 가는
영동고속도로 주변은 온통 붉은 갈색이다

산 밑에 집도 줄지어 선 전봇대도
어깨동무로 선 나무들도 추수 끝난 논밭도
붉은 갈색으로 한껏 물들어 있다

여주대교 아래 남한강 물결을 타고 노니는
오리 떼도 한 무리 새 떼도 갈대숲도
붉은 갈색 물에 흠뻑 잠겼다

가을은 붉은 갈색으로 온다

원주에서 서울 가는
영동고속도로엔 가을이 한창이다
짓다만 온천 모텔 흉한 뼈대가
가을빛에 저 홀로 잠겼다

가을이 사람 마음을 들뜨게 하는 건
가을빛이
사람의 뜨거운 그것과 닮았기 때문이다

가을이 예쁘게 참 붉다

은행잎

은행잎이 샛노랗다
그것을 보는 내 맘도 노랗다
어느 화가가 그린들
저리도 생생히 노랄까

세상에서 비싸고
가치 있는 것들의 색은
하나같이 죄다 노랗다

골드스타, 24K 골드,
골드뮤직, 골드 CD, 골드 카드,
세상의 무수한 골드 골드들

은행잎 또한
나무 이파리들의 골드다
그러나 겸손한 골드다

서울 길 초입에서 본
은행나무는
숱한 골드를 주렁주렁 매달고도
순박한 아이같이 손을 흔든다

나는 태백으로 간다

기차를 타고 태백으로 간다
가을바람은 향기롭고 가을하늘은 드높아
내 마음도 맑고 푸르다
구월 하늘의 눈동자는
사랑하는 이의 눈처럼 미려하다
한때 젖과 꿀이 흐르던 검은 진주 태백
글 쓰는 이들이 한번쯤은 다녀간다는
태백을 향해 나는 간다
그 곳은 숙명 같은 그 무엇으로
사람들을 잡아끄는 힘이 느껴진다
인생을 사로잡는 초월적 카리스마
제천, 쌍용, 영월, 예미, 함백, 증산, 사북, 고한
추전 그리고 태백에 이르듯이
우리의 삶도 반드시 지나가야 할
운명 같은 길과 만남이 있다
태백을 가며 생각느니 작은 일에 묶여 갈등하고
울고 눈 흘기고 징징댄다는 것은
부끄러운 일이라 절로 고개가 숙여진다
모든 속박으로부터 나를 벗고 싶다
인생이란 때때로 평행선을 달리는 기차와 같은 것
멀리 있는 것도 어느새 손끝에 닿아 있고
손에 쥔 것도 저 멀리로 사라져 간다

바득바득 발 동동 구르며 살아 온 세월도
결국엔 한낱 바람과 같이 느껴질 때가 있음을,
기차를 타고 달리며 다시금 생각한다
구월 맑은 날 푸른 하늘을 이고
행복한 향기에 젖어 나는 태백으로 간다

그런 사람이고 싶다

말없이 바라만 보아도
흐뭇해지는 사람이 있다
곁에 있는 것만으로도
위안이 되는 사람이 있다
웃어주는 것만으로도
마음이 풍요로워지는 사람이 있다
만날 때마다 처음 본 듯
상큼해지는 사람이 있다
만났다 돌아서는 순간
이내 그리워지는 사람이 있다
목소리만 들어도 불끈
힘이 솟는 사람이 있다
보면 볼수록 새록새록
정이 깊어가는 사람이 있다
내 가진 것 주고 또 주어도
자꾸만 주고 싶은 사람이 있다
누군가에게 이상이 되어 주는 사람
누군가가 앉아 쉴 수 있는
편안하고 안락한 의자 같은 사람
누군가의 인생에 무더운 한여름 낮
시원하게 쏟아져 내리는 단비 같은 사람
그런 사람이고 싶다

세월의 무게

세월의 깊이만큼
나날이 눈물은 더 많아지고
그리움은 더욱 깊어만 가고
공연한 생각도 점점 더 늘어만 간다

세월은 눈물을 늘리고
그리움을 늘리고 생각을 늘리고,

잊혀져간,
잊혀져야만 했던 것까지도
하나하나 불러들이는 걸까

나 또한 무력無力해져서인가

요즘 들어 가끔은
세월의 무게가 버거울 때가 있다

아침 햇살 같은 사람

그 사람만 떠올려도
공연히 날아갈 듯 상쾌해지고
마음이 비단결처럼 따뜻해지는
사슴처럼 눈이 맑은 사람

그 사람만 곁에 있어도
마냥 행복해지고
하나도 지루하지 않은
풋풋한 미소가 아름다운 사람

그 사람만 생각하면
그 언제까지나 함께 있고 싶어
마음이 들뜨고
늘 처음 본 듯 호감을 주는
부드럽고 속이 넉넉한 사람

그 사람만 가슴에 담고 있어도
부자가 된 듯 여유롭고
생애에 의미가 되어주는
꿋꿋한 소나무처럼 의연한 사람

그 사람만 보고 있어도

왠지 착하게 살고 싶고
그 어떤 시련이 닥쳐와도 두렵지 않은
용기와 꿈을 주는
아침햇살처럼 맑은 사람

우리는 서로에게
아침햇살 같은 사람이 되어야 하리니
너와 나와 우리가 하나 될 때
삶은 진정 따뜻하다

안개 마을

나는 가끔 안개 마을에
사는 것 같은 착각이 든다
사람과 사람 사이 사람과 거리 사이
집과 집 사이를
안개가 벽처럼 막고 있는 것 같은
그 답답함, 안개처럼 희뿌연 그 막막함의
공허와 허무가 나를 슬프게 한다

나는 가끔 안개 마을에
사는 것 같은 생각에
나도 안개의 일부인 것처럼
느껴질 때가 있다

생각과 생각 사이 몸과 몸 사이
손끝으로 느낄 수 없는 희미한 그림자가
안개처럼 피어오른다

세상이 온통 안개 마을이다
안개 마을에 사는 사람들은 안개 입자이다

안개 마을에
또 다시 짙은 안개가 내린다

꽃비 내리는 날

가슴 저리도록 맑은 날
하늘하늘
꽃비 내린다

봄 하늘 가득
포르르르르
내 누이 속눈썹 같은
맑은 꽃비 내린다

꽃비 내리는 길 걸어가자니
내 가슴 깊은 곳에서도
맑은 꽃비 내린다

누군가 그립도록 맑은 날
나풀나풀
고운 꽃비 내린다

하르르 하르르르
양팔 가득 반짝이며
고운 꽃비 내린다

꽃비 내리는 날 길을 걷노라니

하잘 것 없는 것 까지도 사랑스러워
내 마음 깊이
뜨거운 생명이 넘쳐흐른다

손님

온다는 기별도 없이
손님이 왔다

그리운 이 고운 자태로
하얗게 하얗게

온다는 약속도 없이
손님이 왔다

그리운 사랑 맑은 미소처럼
환하게 환하게

소녀의 눈물

죽어가는 지구를 살리자고
가녀린 소녀가
가는 곳마다 눈물지며 호소한다

멍청이 트럼프는 헛된 예언자들의 말에
현혹되지 말고 나중에 해도 늦지 않다고
소녀 앞에서 가증스럽게 지껄여댄다

그러나 소녀는 눈 하나 깜빡 안하고
나중은 이미 늦다고
지금 당장 시작해야 한다고 목소리를 높인다

소녀 크레타 툰베리는 아는 것이다

지구가 죽으면 사람도 없고
그 무엇도 없고 미래가 없다는 것을

소녀의 간절한 외침 속에서도
오늘도 지구는 쿨럭쿨럭 검은 기침을 하며
하루하루 죽음을 향해 다가가고 있다

기쁨이 되게 하라

물질로써 얻은 행복은
물질이 떠나가면 불행에 이르고,

쾌락에서 얻은 행복은
쾌락이 멈추는 순간
절망과 허무의 늪에 갇히게 된다

사랑으로 가슴을 채우면
사랑은 지금보다 더 풍요로운 행복을
그 가슴에 차곡차곡 채워준다

물질과 쾌락은 순간적 행복이지만
서로 믿고 마음을 나누는
사랑에서 오는 행복은
오래도록 곁에 머물며 기쁨이 되게 한다

그대여,
사는 일이 기쁨이 되게 하라

제6부

아름다운 것을
보는 만큼 행복해진다

사람들 숲에서도

사람들 숲에서도 사람이 그립다

사람들 속에서도
벽을 마주보고 있는 것 같다

사람들 사이에서도
눈길은 먼먼 허공을 향한다

사람들 숲에서도
사람들 속에서도
사람들 사이에서도

사람은 보이지 않는다,
다만 사람의 형체만 보일 뿐이다

인생의 푸른 보석

함께 푸른 하늘을
바라볼 수 있는 사람이 곁에 있을 때
원 없이 사랑하고 사랑하라

같이 길을 걸으며
해맑게 웃어주는 사람이 있을 때
맘껏 아껴주고 행복하여라

나란히 서서 혹은 나란히 앉아서
잠시도 눈을 떼지 못하고
다정하게 이야기하는 사람이 있을 때
부족함 없이 맘껏 축복해주어라

두 손을 꼭 잡고 한시도
떨어지고 싶지 않은 사람이 있다는 건,

돈으로도 그 무엇으로도
살 수 없는 인생의 푸른 보석인 것을

노학자의 깊은 슬픔

이어령 교수의 시집
〈헌팅턴 비치에 가면 너를 볼 수 있을까〉를
읽으며 딸을 향한 노학자의 절절함과
깊은 비애를 느낄 수 있었다

딸이 죽기 전까지
너무도 사랑했던 딸이기에
그 슬픔은 참혹하리만치 컸던 것이다

책을 읽으면서 밥을 먹으면서
딸이 쓰던 물건을 보면서
딸과 비슷한 또래의 여성을 보면
가슴 저 깊은 곳에서 솟구치는 그리움에
어느 날은 하루 종일 눈물을 흘렸단다

자식은 내 살보다 귀하고
내 뼈보다도 더 값지고 소중한 것이
부모의 마음이라 노학자의 딸에 대한
간절한 그리움은 더욱 컸음이라

시집을 읽을 때도 그랬지만
시집을 덮고 나니 목 메이고 가슴이 먹먹해

한동안 아무 생각도 할 수 없었다

참 좋은 인생

잘 쑤어진 메주콩처럼
푹 익어서 사람냄새 폴폴 나는
삶이 되어야한다

그래서 누군가의
허전한 빈 가슴을 채워주고,
잘 뜬 청국장처럼
누군가의 상처 입은 마음을
보듬어 안을 수 있는
사람향기 그윽한 삶이어야한다

우리는 저마다의 길에서
저마다의 이름과 빛깔과 소리로
저마다 꿈꾸는 그 곳을 향해 나아간다

그 길을 가다보면 뜻하지 않는 일로
어쩌지 못하고 난감해 할 때
가만가만 손잡아 이끄는
김치처럼 잘 익은 맛있는 삶이어야한다

그 누구에게라도 편견두지 않고,
따뜻한 눈길을 건네고

미소 지으며 성큼성큼 다가가
가슴으로 품어 줄 수 있는 삶이어야한다

고양이와 나

추운 겨울날 길을 가는데
길가 나무숲에서 고양이 세 마리가
서로 몸을 기댄 체 앉아 있었습니다

고양이는 서로 체온을 모으면
추위를 이겨낼 수 있다고 믿는 듯 했습니다

혼자서는 할 수 없는 것도
여럿이 함께 하면 못할 게 없다는 걸
고양이도 아는 것입니다

그 모습은 본 후
내 몸에선 뜨거운 열기가 숫는지
내 몸에서
추위가 사라지는 걸 느꼈습니다

그리고 생각했습니다
사랑은 서로의 열기를 모아
서로에게 그 열기를 나누는 거라는 것을

최선의 방식

연습 또 연습
그리고 또 연습

연습보다 더 좋은
최선의 방식은 없다

인생

흔들리지 않고
피는 꽃이 없듯

흔들리지 않고
원하는 인생을 살 수 없다

인생은 흔들리면서 피는
목숨 꽃이다

사과 한 알

사과 한 알은 작은 우주이다

사과가 우주를 닮은 건
사과 한 알에는 햇살도 담겨 있고,
하늘 빗물도 담겨있고,
맑은 공기도 담겨 있고,
기름진 땅의 기운도 담겨 있고,
푸른 바람도 담겨 있고,
사과를 바라보는 사람들의 고운 눈길도 담겨 있고,
달이 내뿜는 고운 달빛도 담겨 있고,
새벽마다 영롱한 이슬도 담겨 있는데
이 모두에는 우주의 기氣가 담겨 있어
그것을 먹고 자라났기 때문이다

사과를 먹을 때마다 우주의 기운이
몸속에서 움틀움틀 기를 뿜어댄다

아버지란 무엇인가

아버지는
말 없는 사랑이다

가슴엔 자식을 품어 안고
온 몸으로 가정을 받치고 서서
머나 먼 인생길을 가는
달팽이와 같은 존재이다

아버지는 집을
단단히 받치고 선 대들보이다

그러기에 그 어떤 시련의 광풍도
묵묵히 참아낼 수 있는 것이다

참새

오래전 영월 책 박물관을
방문하여 돌아보던 중 화단 한쪽에
죽어 있는 참새를 보았다

온기가 느껴지는 것으로 보아
조금 전에 죽은 것 같다
그 작고 여린 죽음을 보는 순간
코끝이 찡하게 저려왔다

고 작은 몸으로
용케도 천적을 피해 살아오다
죽었다 생각하니 마음이 아프다

새든 벌레든 강아지든 사람이든
죽음이란 그 어느 것도 피해갈 수 없는 것이지만,
그래서 죽음은 늘 두렵고 슬프고 경건하다

참새를 보며 생각느니,
사람으로 태어난 것은 그 자체만으로도
높고 깊은 은혜이며 축복인 것이다

참새는 홀로 죽음을 맞았지만

사람은 사랑하는 가족과 사람들의 전송을 받으니
그 얼마나 아름답고 행복한 이별인가

사람으로 태어남을
하늘 우러러 높이 감사하고 감사하라

매인다는 것

말뚝에 매인
염소의 울음이 뜨겁다

매인다는 것은
스스로가 스스로를 결박하는 것

그것이 사랑이든, 물질이든, 명예든
매인다는 것은 스스로를
천길만길 깊은 심옥心獄에
갇히게 하는 어리석음의 천형天刑이다

특히, 사랑에 매인다는 것은
자유로운 영혼을
스스로 강탈하는 순수의 무지無知이다

이 허망虛妄한 무지와
순수의 무지로부터 벗어나야 하리

시계

제자들이 이사선물로 시계를 사왔다

LED 전자시계로,
숫자만으로 구성된 시계인데 모양새가 독특하고
깜깜한 상태에서 보면 숫자 꽃처럼 보인다

그런데 시계를 볼 때마다
커다란 눈으로 나를 요리조리 살펴보는 것
같다는 생각이 들어
게으름을 피우거나
함부로 행동하기가 조심스럽다

자칫,
게으름을 피우거나 나태하면
커다란 숫자 눈을 부릅뜨고는
호통을 칠 것만 같아,

마치, 엄한 스승이 곁에 있는 것 같다

아름다운 것을
보는 만큼 행복해진다

항상

아름다운 것을 바라보라

아름다운 것을 바라보는 만큼

인생은

그만큼 더 행복해질 것이다

강물 같은 사람

강물은 제 품으로
밤하늘에
빛나는 별들을 받아 빛나게 한다

또한 구름이 별을 가리면
강물은 그 구름까지도 제 물결에 담아낸다

강물이 아름다운 것은
모든 것들을 품어주기 때문이다

강물 같은 사람이 되어야 한다

그 모두를 품어주고 품어가는 강물,
그런 사람이 되어야 한다

삶을 깊어지게 하라

인생의 기쁨과

행복을 누리고 싶다면

삶을 깊어지게 하라

깊어지는 삶은

새로운 나를 사는 것이다

본연의 삶

인간 본연의 삶은

무엇이 되느냐가 아니라,

어떻게 살 것인가에 있다

단순한 삶을 산다는 것은

단순한 삶을
살아간다는 것은 쉽지 않다

그것은 절제를 필요로 하고
때론 그에 따른 고통을
기꺼이 감수해야만 하는 까닭이다

그처럼 살 수 있다면
보다 완전한 행복에 이를 수 있다

단순한 삶을 살 때 인간은

인간의 본질을
가장,
투명하게 성찰할 수 있기 때문이다

마음의 독

사치와 허영심은

삶을 어둠으로

몰아가는 파멸의 바이러스이다

사치와 허영심을 멀리하라

사치와 허영심은

반드시 버려야할 마음의 독毒이다

인생의 녹

녹이 쇠를 녹슬게 하듯

사람에게 있어 게으름, 나태함, 탐욕,

부정적인 생각,

무책임은 녹과 같아 파멸로 이끈다

늘,

인생의 녹을 경계하라

눈금

눈금은 거짓말을 하지 않는다

기적을 울리며 달려가는 기차를 볼 때마다

초판 1쇄 인쇄 2023년 11월 06일
초판 1쇄 발행 2023년 11월 10일

지은이 김옥림
펴낸이 이태선
펴낸곳 창작시대사

주소 경기 고양시 일산동구 장백로 20 굿모닝힐 102동 905호
전화 031-978-5355
팩스 031-973-5385
이메일 changzak@naver.com
등록번호 제2-1150호 (1991년 4월 9일)

ISBN 978-89-7447-276-4 03810